Theodor Peter Kohpeiss

StubenFliegenTräume

gereimte Unwahrheiten

1.Auflage 2012
Text:
Foto:

Printed in Germany
ISBN: 978 3 8370 7618 9
Herstellung und Verlag: Books on Demand GmbH, Norderstedt

Alte ₂₀₀₉

21 alte Fliegen,
      könn schlecht sehn und auch so fliegen.
      Kommen zu spät zum Mittagsschmaus;
      der Klatsche weicht man
      kaum noch aus;
      fürs Weibchen ist kein Sinn mehr da,
      und nervig ist die Kinderschar.

21 alte Fliegen,
      wollen nur noch Ruhe kriegen:
      fliegen gegen Fensterscheibe;
      fallen sacht auf deren Bank.
      Einzig Sinn - hier verbleibe,
      jetzt ist Frieden: Gott sei Dank.

21 alte Fliegen,
      nie mehr – an klebrig Braunes fliegen,
      nie mehr – in Stuben werden fliegen.

Ausflug 1 ₂₀₁₁

21 Stubenfliegen,

       ein Kaffee am Marktplatz suchen.
Angekommen - sie wild fluchen -
nicht bei dem Bestell Gewühle:

fanden nicht genügend Stühle.

Ausflug 2 2011

21 Stubenfliegen,

ein Rapsfeld wollen sich ansehn:
nur der Erfolg war gar nicht schön.

Damit sie niemand dort entdeckt,
bewusst sie ham sich zugedeckt,
mit gelber Farbe rundherum -

Rapskäfer kümmerten sich drum.

Atelierbesuch <small>„offenes Atelier" 2011</small>

21 Stubenfliegen,
    Atelierbesuch hinkriegen.

    Ihre Runden sie dort flogen;
    sie von Bildern angezogen;
    andre ließen sie links liegen.

    Eines konnten sie besiegen -
    das mit dem schmalen weißen Rand:
    ein Jede darauf Ruhe fand.

    Der Künstler sich die Haare rauft:
    sich nie ein Schwarz-Rand-Bild verkauft.

Australien 2009

21 Stubenfliegen,
 wollten nach Australien fliegen.

 Doch das war nicht hinzukriegen:
 obwohl Fliegen können fliegen,
 können keine Tickets kriegen:

 Flieger nur mit Tickets fliegen.
 Flieger ohne Fliegen fliegen.

Alleine 2010

21 Stubenfliegen,
     niemals sie alleine fliegen.

     Alleine bist du nie.
     Immer ist jemand da.
     Mag sein - es nur ein Bild -
     es ein Gedanke ist.

     Sei du froh darüber,
     denn Leere foltert dich -
     dir nur Verzweiflung bleibt.

Folglich haben Stubenfliegen
diese Lektion vom Mensch gelernt.

SEITE	B
12	Beute
13	Bauzaun

Bauzaun 2011

21 Stubenfliegen,
niemals sie am Bauzaun fliegen.

An jedem Bauzaun
siehst Du Männer stehen;
anderen bei der Arbeit die zusehen.

Die eine Frage, die in mir tief sich rührt:
welche Motivation hat die hergeführt.

Und dann hätte dringend gerne ich erklärt,
wie können die Männer diese Zeit sich nehm,
nur zum schaun? Ne Info die noch nie begehrt.
Die hier führn auch kein Gespräch;
sind's zu bequem?

Ich glaube fast, dass die hier nur rumhängen,
um zu entfliehen irgendwelchen Zwängen,
um nicht denken oder nachdenken müssen,
grade hier keine Meinungsfahne hissen.

Sie sind sich sicher –
hier wern sie nichts gefragt!
Es kümmert hier keinen,
warum der nichts sagt.

Sind dies die Gründe:
dann ist's wohl ziemlich schlau:
am Bauzaun untätig steht – niemals eine Frau.

Beute ₂₀₁₁

Vor einer langen, langen Zeit,
gab's keine Mück; keine Fliegen.
Folglich konnten jagend Vögel,
überhaupt kein Fressen kriegen -
gab's also auch die Vögel nicht.

Marder, die die Nester plündern,
konnt es darum auch nicht geben.

Fuchs und Wolf, die Marder jagen;
konnten so nicht existieren.

Der Bär - der Fuchs und Wolf erlegt,
darum war noch nicht erfunden.

Mensch, der mit Hund den Bären jagt,
auf der Erd nicht konnte leben.

Der Mensch, anstatt nun dankbar sein,
dass die Fliegen ihn umfliegen,
in die Evolution greift ein,
mit den Stubenfliegen-Kriegen.

SEITE	C
15	Chef
16	Chaoten
17+18	Casting

Chef 2010

21 Stubenfliegen
      wollten ihren Chef besiegen,
      wollten nicht mehr „Mecker" kriegen:
      Selbstbestimmt um Kurven fliegen.

      Als ihren Willen sie gekriegt:
      durch ihre Masse Chef erdrückt,
      sie konnten sich nicht einigen,
      wer den freien Hut soll kriegen.

      Seitdem so chaotisch Fliegen,
      Cheflos durcheinander fliegen.

Casting 2010

21 Stubenfliegen,
nie nen Ruf zum Casting kriegen.

> Der Ruf erreicht dich,
> du bist genommen,
> bist ausgewählt aus großer Schar.
> Darfst zum ersten Casting kommen,
> sollst bieten deine Künste dar.

Pünktlich erscheinst du am Empfang,
so souverän, bist ganz locker,
soll keiner wissen, dass dir bang,
gibt's dich lässig, wie so`n Zocker.

> Beäugest die, die auch dort sitzen:
> alle deine Konkurrenten sind;
> die werden auch
> ängstlich schwitzen:
> aus deren Segeln
> nimm du deren Wind.

Jeder deinen Platz dir streitig macht.
In Kategorien teilst sie ein:
viele alte Streiter nicht dabei
und davon Männer sind auch nicht viel.

> Das, was du von denen hörst,
> macht dich lange nicht betroffen.
> Das was du von denen siehst,

lässt sicherlich dich hoffen.

Denkst dir: wie die sich hier benehmen,
welches Theater die hier zeigen:
keinesfalls Juroren sich bequemen,
die zu wählen aus dem Auswahlreigen.

Doch erst einmal sind alle dran,
um zu zeigen was sie können.
Bei dir kommt leichtes Klatschen an:
darfst als 3. dann rein rennen.

Die Entscheidung macht dich heiter.
Dein Glück, das klopft hier an dein Tor.
„Ich rufe auf, wer kommt weiter:
die 01968 Theodor".

Nur weil Fliegen keine Namen,
nie den Casting- Ruf bekamen.

Chaoten 2011

Eine ganz gewitzte Fliege -
also fliegen sie schon konnte,
hoch hinauf sie kommen wollte:
wollte schlicht was Bessres werden.

Nachdem sie lange nachgedacht:
-sie guten Sex wollt in der Nacht,
-mit nem dicken fetten Brummer,
-viel Geld er haben sollte auch:
-ihm zu Eigen viele Stuben.

Viele, viele Stubenfliegen,
neidisch diesen Plan mitkriegen.

Seitdem unsre Stubenfliegen,
suchend umeinander fliegen.

SEITE	D	
18	Die Folgen	
19	Doppelzweier	

Die Folgen "offenes Atelier" 2011

Stubenfliegen und zwar viele,
haben viele Auswärts- Ziele.

Doch weil sie nicht sehr wortgewandt,
eigentlich ja gar nicht sprechen:

nicht Ziele werden abgestimmt –
so keines auf Erfolg getrimmt.

Es im Fluge wird sich rächen:
sie bleiben zwischen Deck und Wand.

Doppelzweier gewidmet Charly Krakat

21 Stubenfliegen,
    könn nicht rudern, dafür fliegen.

    Im Doppelzweier beide saßen,
    nie sie Kilometer fraßen:
    die Mundsburg Brücke war ihr Ziel,
    dort standen Mädchen, derer viel,
    eng ans Geländer angelehnt,
    der Wind, die Röcke ihn` verweht.

    Nie wurd im Club auf sie gezählt,
    Kondition und Technik - beiden fehlt.

    In all den Jahren - einmal dabei.
    Sie starteten in Rennen Eins:
    Begeisterung im Ziel war groß:
    die glaubten:
    Erster sie vom Rennen Zwei.

Klug genug sind diese Fliegen,
dass sie Rudern nicht hinkriegen.

SEITE	E
21	Einstein
22	Erd Erwärmung
23+24	Elefant
25	Essen

Einstein <small>"offenes Atelier" 2011</small>

Nur ganz wenig Stubenfliegen;
es waren eigentlich nur drei,
grübeln über $E = M \times c^2$.

Die Zeit die fließt; die Zeit sich dellt,
bei ihrer Reise um die Welt.
Türmt sich hoch auf; sinkt tief ins Tal;
macht Unterschiede - allemal.

Dies die Fliegen schnell begriffen:
bleiben sie bei Menschangriffen,
immer auf der Zeiten Rücken,
sehen dort sie mit Entzücken:

Mensch verbleibt
im Z-e-i-t-l-u-p-e-n-tal.

Erd - Erwärmung 2011

21 Stubenfliegen:
>nur Zorn sie noch zusammen hält:
>warum kein Mensch auf dieser Welt,
>merkt – dass die auseinander fällt.

>Und das doch nicht - erst seit Gestern.
>Über *sich* - Experten lästern,
>anstatt gemeinsam sie besehn,
>wie es der Welt könnt besser gehn.

21 Stubenfliegen,
>schrein die Wut sich aus dem Bauch:
>„Mensch Du musst das *jetzt* hinkriegen,
>denn die Welt - die darf nicht sterben:

>wenn aufgibt die ihrn Lebenshauch:
>du Mensch stirbst mit – wir aber auch"!

Essen <small>1976</small>

21 Stubenfliegen,
     in Kantinen Hunger kriegen.

     Schmatzend, klapperndes Gespräch,
     durchsetzet von Gerüchen.
     Der Stuhlzahl vieler Beine,
     macht eigenes Geräusch.

     Die Zeitung raschelt tremolo.
     Bestellung wird gerufen.
     Überschäumend wie vor Lust -
     das Bierchen hingestellt.

     Der Hunger grüßt die Welt.

     Nichts von Allem ist geblieben,
     was man vor dir hat aufgebaut.
     Eingeführt um auszuscheiden:
     sehr spürbar - aber ohne Wert.

     Doch auf diesem langen Wege
     dir gibt es seine ganze Kraft:
     Dank dem Essen bloß dafür.

Danken dir die Stubenfliegen,
dass sie Speis und Trank abkriegen?

Elefant 2010

In einem fernen dunklen Land –
nicht nur der Menschheit Wiege stand.

21 schwarze Fliegen,
wollten Elefant besiegen.

Machten sich auch einen Plan,
weil sie dachten sich zu Recht:
greifen wir ne Seite an –
steht der auf *zwei* Beinen schlecht.

21 schwarze Fliegen,
flogen Elefant besiegen –
stürzten sich in Formation,
breit gefächert, taktisch richtig,
auf die oberste Region.

Elefant – nahm sie nicht wichtig.

21 schwarze Fliegen,
bei dem Elefant besiegen;
ganz gewaltig Kopfschmerz kriegen.
Rüsselchen verbogen ist,
auch gebrochen zwei, drei Bein.
Flügellahm der Fliegen Rest.

21 schwarze Fliegen,
     lassen Elefantenkriege,
     in der Zukunft lieber sein.

     Und so fliegen diese Fliegen,
     fast nur noch in Hof und Heim.

     Darum also fallen Fliegen,
     als Stubenfliegen bei uns ein.

In einem fernen dunklen Land,
nicht nur der Menschheit Wiege stand.

SEITE	F
27	Fehler
28	Freizeit
29	Friseur
30	Führerschein
31	Frühlingserwachen

Fehler 2011

21 Stubenfliegen,
       3- D- Fernsehen sich anschaun:
       die Brille mussten sie sich klaun.

       Am rechten Glas, da saßen zehn,
       und zehn von ihnen saßen links.

       Die letzte wurde ausgelacht -
       doch die hat's auf den Punkt gebracht:

„Ihr 20 könnt nicht klar mehr sehn".

Freizeit ₂₀₁₁

21 Stubenfliegen,
        Spaß im Schwimmbad wollten kriegen.
        Sie hatten alle den zu Hauf.

        Eines nur tat sie verdrießen:
        der Sprungturm wurde ihn verwehrt:
        „der Wind da oben sei verkehrt"!

        Bademeister kaum gegangen,
        mit dem Aufstieg sie begannen.
        Und der dauerte schon zu lang:
        ihr Festhalten der Wind erzwang.

        Viele in die Höh gerissen,
        Rest in das Wasser tief gedrückt.

        Alle so ihr Leben ließen.

Friseur 2011

21 Stubenfliegen,
       wollten unbedingt hinkriegen -
       ne Frisur zum Abend tragen.

       Fanden nen Friseur Salon -
       gleich der nahm sie auch schon dran.
       Wusch gekonnt die ein paar Haare.

       Das Geld dafür bekam er nicht,
       er hörte keinen Kassenton:

       denn beim Waschen, vor sei`m Gesicht,
       verschwand jed` Fliege im Siphon.

Führerschein 2010

21 Stubenfliegen
    einen Führerschein wolln kriegen.

    Warum und wie sie den gekriegt:
    Behörde eisern drüber schwieg.
    Wer verkaufte ihn den Wagen,
    wollte dann auch keiner sagen.

    Doch – der wurd nicht zugelassen,
    weil auf Führerschein nicht passen:

21 Fliegenbilder.

Frühlingserwachen 2010

21 Stubenfliegen,
      Jahreszeiten nicht mitkriegen.

      Man schläft ein und man wacht auf;
      das bestimmt den Lebenslauf.
      Genau wie bei den Jahreszeiten:
      man kann sich darauf vorbereiten.

      So kuschelt man im Bett sich ein -
      freut sich auf das Sandmännlein -
      lässt sich von den Träumen wiegen -
      morgens musst die Kurve kriegen.

      Ob du die kriegst ist solche Sach.
      Die Frage ist: wie wirste wach?

Wenn du – spät rechts eingeschlafen,
dann kannst du – früh links erwachen.

Hausbesitz 2011

21 Stubenfliegen,
      nicht mehr in Stuben wollen fliegen,
      ganzes Haus sie wolln besitzen,
      im eignen Garten Sonnenschwitzen.

      Fanden schnell auch nen Notar.
      Kaufurkunde blitzschnell da.
      Eigentum fix umgeschrieben,
      doch in Stuben sie geblieben.

21 Stubenfliegen,
      konnten Haustür nicht aufkriegen.

MERKE

      Lange nicht jedes leere Haus,
      von Stubenfliegen wurd gekauft.

Haut 2010

Auf der Haut dir sitzen Fliegen,
könntest glatt die Krätze kriegen.

Schlägst nach diesen sitzend Fliegen –
Die - nur kurz die Biege fliegen;
wieder nieder auf dich sinken,
um weiter deinen Schweiß zu trinken.

Hörtest du schon Fliegen klagen,
wenn sies immer wieder wagen?

Würdest du die Fliegen fragen,
würden die dir immer sagen:
„lass doch einfach nur das Schlagen".

Heirat 2011

21 Stubenfliegen,
      wollen ihre Hochzeit kriegen:
      ne Heirat in dem schneeweiß Kleid.

      Millionen Freunde eingeladen,
      und sie alle, alle kamen.

      Es ergaben sich nur Dramen:
      ganz nah die wollten sein der Braut.

      Verblüfft sogar ihr Mann geschaut.

      Und der Pastor dacht: au weia,
      Pechrabenschwarz: Kleid und Schleier.

Hockenheim 2011

21 Stubenfliegen,
      am Rennen sich beteiligen.
      Im Auto sollte es geschehn:
      die Formel 1 – das wär sehr schön.

21 Stubenfliegen:
      sie erhielten den Boliden,
      der Investor prompt bezahlte.

      Stromlinienform; oben offen,
      Zahl der PS – gut getroffen,
      Kurve 1 – schon mit Dreihundert,
      Zuschauer sich sehr gewundert:

      -am Start, da war noch alles klar:
      -Kurve 1: war keine mehr da.

Hintertrieben 2009

21 Stubenfliegen,
     niemals kennen sie Intrigen.

     Wird dir etwas hintertrieben,
     -geht hinterm Rücken etwas vor,
     -wird dir vielleicht was hinterbracht,
     -dir wird was hinterher gesagt:

     Willst du bei diesen Dingen,
     das Rechte tun und soll 's gelingen:
       zuerst: dreh dich nie um,
       zeig ihm vorerst nicht dein Gesicht,
       so wird „erwischt" er nicht,
       wenn er handelt dumm.

     Das Zweite was du musst bedenken:
       deine Schritte hast du fort zu lenken,
       von dem, der deinen Rücken attackiert.
     Das Richtigste ist schon passiert,
       als du dich von ihm abgewendet,
       die Wichtigkeit für dich beendet.

     Zu Drei:
       bei deinem Fortgehn schweige,
       sprich auch mit der Begleitung nicht.
     Die Entfernung spricht für beide,
       so behalten BEIDE ihr Gesicht.

Kater <small>2010</small>

21 Stubenfliegen,
      wollten mal nen Kater kriegen:

      Sie soffen fürchterlich drauf los,
      doch das Problem dabei war bloß:
      weil sie nun ja nicht mehr fliegen,
      trunken auf dem Boden liegen,
      sie zwar ihren Kater kriegen –

      doch auch der Kater wird sie kriegen,
      dafür braucht er nicht könn fliegen.

Kinder 2008

21 Stubenfliegen,
>wollten keine Kinder kriegen -
>weil – sie haben sich gedacht,
>wenn dies nun ein jeder macht:
>geben Fliegenjäger Frieden,
>lassen Stubenfliegen fliegen.

>Doch weil das Fliegenköpfchen klein,
>gar nicht gut sie denken können,
>so geht auch nicht viel Logik rein:
>sie sich oft und oft verrennen.

21 Stubenfliegen,
>keine Kinder nicht mehr kriegen.
>Jäger geben keinen Frieden,
>sodass von diesen Stubenfliegen,
>am Ende wenig übrig blieben.

Krankheit ₂₀₀₉

21 Stubenfliegen,
konnten keine Krankheit kriegen.

Das Leben für sie wunderbar.

Als es einmal doch geschah –
aufgeregt der Rest der Schar:

wohl niemals werden Stubenfliegen,
Fliegerärzte können kriegen.

Kreißsaal 2011

21 Stubenfliegen,
      Kinder in den Stuben kriegen.

      Irgendwann geworden Vornehm,
      es nur im Kreißsaal sollt geschehn.

      Ärzte sagten: „das würd gehen",
      Wöchnerzimmer warn besehen.

      Sie sich doch die Haare rauften.

      Klinik konnt es nicht hinkriegen:
      Besucherzeiten – nur für Fliegen.

Krieg 2010

21 Stubenfliegen,
     schließen immer fliegend Frieden.

     Lieben auch die Artgenossen,
     die sie umfliegen, unverdrossen.

     Kennen kein Rassismus nicht,
     brauchen so auch kein Gericht.

     Lassen auch die Krüppel siegen,
     lassen Flügellahme fliegen.

Müssen Menschen das bekriegen?

Krankenhaus 2011

21 Stubenfliegen,
     nicht in Krankenhäusern liegen.

     Es klingt das Horn,
     es naht mit Eil,
     mit großer Hast,
     der neue Gast.

     Hofft dass verweil
     er hier im Born;
     im Krankenhaus
     wird genesen.

21 Stubenfliegen,
     nicht im Krankenwagen fahren,
     nicht in Krankenhäusern liegen -
     niemals Krankheit hier besiegen.

21 Stubenfliegen
     könn wohl keine Krankheit kriegen.

SEITE	L
46	Laubfrosch
47	Lizenz
48	Liebeserklärung

Laubfrosch Brandenburgtag Schwedt 2010

21 Stubenfliegen,
    immer um den Laubfrosch fliegen.
    Der saß beruflich in sei`m Glas -
    hat auf das Wetter aufgepasst.

    Wetterlaubfrosch und die Fliegen -
    - in ner Wette sich besiegen -:
    „Frosch würd keine Fliegen kriegen"!

    Frosch saß unten auf der Leiter,
    lockte Fliegen immer weiter,
    immer tiefer hinein ins Glas.

    Als die auf dem Grund dann flogen,
    sprang er hier hoch mit einem Satz;
    flach sich auf den Glasrand legte,
    versperrte so der Fliegen Flucht.

    Er fraß genüsslich Flieg um Flieg.

    In dieser Wette Frosch gesiegt:
    die Fliegen dies zwar mitgekriegt -
    nicht seinen Preis hat Frosch gekriegt.

Lizenz ₂₀₁₁

21 Stubenfliegen,
    endlich nen Beruf wolln kriegen:
    auf der Jagd Natur besiegen.

    Lernten alles von der Fauna,
    schnell sie Jagdlizenz erhielten.

    Auf erster Pirsch zusammen hielten,
    damit sie sich verlieren nicht.

    Gründlich wurd die Reih gelicht,
    sodass von diesen Stubenfliegen,
    am Ende keine übrig blieben:

    des Mörders Wesen kannten nicht-
    Bombardier Käfer hielt Gericht-

Liebeserklärung ₁₉₇₆

21 Stubenfliegen,
    wissen nichts vom Menschenlieben.

    Die Menschheit starb,
    kaum dass geboren,
    der Sonnenschein gab sich verloren.

    Dass All, es stürzte auf sie ein,
    nur eines musste, sollte sein:
    so weiß es ich,
    ich liebe Dich.

    Wo Worte können nicht betrügen
    wenn Treue lebt; und keine Lügen,
    die Dunkelheit nur alles kennt,
    allein das Wasser lohend brennt:
    dann weiß es ich,
    ich liebe Dich.

21 Stubenfliegen,
    Dreiwortsätze nicht hinkriegen.

Mittagsschlaf 2011

Eine einzge Stubenfliege,
      hat das Ziel, dass Mensch nicht kriege,
      seinen verdienten Mittagsschlaf:
      arbeitet daran wirklich hart.

      Mensch der ruht und kann nicht schlafen,
      lässt die Flieg nicht aus den Augen.
      Noch er will sich nicht aufraffen.
      Denket nach, welch Mittel taugen.

      Angriff auf Angriff Fliege fliegt.
      Der Mensch holt sich das Fliegenspray.
      Ahnungslos sich Fliege denkt: „Hey,
      Mensch dich hab ich gleich besiegt".

      Dies bleibt ihr letzter Fliegentraum:
      des Nebels Spray bemerkt sie kaum.

Musik I Klinik NB 2011

21 Stubenfliegen,
      ne CD sich wolln anhören -
      Bekamen die auch ins Gerät,
      den Knopf gedrückt – gemeinsam geht.

      Bachsches Werk sie soll betören:
      dessen Töne sie nicht hören:

      Den Schieberegler sie zwar sehn:
      in eine Richtung nicht könn ziehn.

Musik II 2011

21 Stubenfliegen,
Unterricht: Musik wolln kriegen.
Nicht mehr auf die Menschen schielen,
dass der dann macht für sie Musik.

Ihn das Klavier war viel zu schwer,
für die Geige keine Schulter.
Trommeln konnten nicht anhängen.
Trompetenlunge viel zu klein.
Bass – den konnten sie nicht streichen.
Xylophon- Klöppel warn zu groß.
Schalmei konnten sie nicht tragen.
In Flötenlöcher fielen rein.

Tief enttäuscht die Fliegen waren.

Schwalbe, die erhört ihr Klagen,
die erlöst sie aus der Starre:

„Spielt doch draußen Luft-Gitarre".

Mensch + Welt 2009

21 Stubenfliegen,
     Priorität sie kennen nicht.

     Warum denn bloß in dieser Welt,
     alles auseinander fällt?

     Warum nur klaffen diese Lücken,
     kann man sich nicht näher rücken?

     Denkt ein Jeder nur an sich,
     handelt nach dem kurzen Ziel,
     Einheit kriegt so kein Gesicht,
     bleiben auf der Strecke: viel.

     Der Mensch an sich, ein kluges Wesen:
     wenn Priorität zum Nächsten fliegt.

     Wär Egoismus nicht gewesen,
     Menschlichkeit sofort gesiegt.

Mücken 2011

Mücken kamen drauf „himself",
in dem Jahr 2011
sie Häuser konnt besetzen.

Zur Weißglut wollten hetzen,
Menschen, die dort drin gewohnt:
schaun wir mal ob sichs gelohnt.

Durch dichte Mückenmassen
entsetzt die Menschen schritten.
Das Atmen mussten lassen,
wenn waren sie Inmitten.
Sie fragten alle Tage:
wann endet diese Plage?

„Himself" Mücken ham gewusst:
>hier kein Jäger macht Verdruss-
>ohne Wirkung: Mückenspray-
>keine Mücke brauchts „delay".
Kein Warmtag hat's verschoben,
dass Himmelwärts sie flogen.

Dann jedoch mit Wind und Eis -
es noch keine Mücke weiß -
fiel über Mensch und Mücke
zum großen Mensch Entzücke
der Hausmückentod hier ein.

MERKE:

Hausbesetzung ist nicht fein.

Navigation 2011

21 Stubenfliegen,
      um die Lampe alle fliegen.

      Hier sei die Frage mal erlaubt,
      ob die dies im Teamwork machen?
      Obs purer Egoismus ist?

      Ob die Flugbahn die berechnen?
      Das Territorium begrenzt?

      Müssen Flugzeiten einhalten?
      Korridore die eingrenzen?

      Landeplätze vorgeschrieben?
      Starterlaubnis die gebrauchen?

      Kontakte jede halten muss?
      Und das vielleicht sogar per Funk?

      Kann hier nur Egoismus sein:
      ein Jede sicher fliegt allein!

      Trick die haben!
      Und so besehn:
      Zusammenstoß noch nie gesehn.

Nebel ₂₀₀₉

21 Stubenfliegen,
    nichts von Poesie mitkriegen.

    Feucht sinkt Nebel sanft hernieder,
    erwecket zart das welke Gras.
    Verstummt der Vögel jubelnd Lieder.
    Fernsicht verschwimmt
    wie durch milchig Glas.

    Stumm stehst du; nur weißes Wabern.
    Wie abgeschnitten, unbewegt
    die ferne Nebelbank dort liegt.

    Mit der Sonne kannst jetzt hadern,
    weil die nicht heute hat gesiegt.

Party ₂₀₀₈

21 Stubenfliegen,
      und auch viele Artgenossen,
      forderten ganz unverdrossen:
      „eine Winter - Party geben"!

      Doch ihr Plan ging schlicht daneben:
      Fliegen können nicht mehr fliegen -
      wenn sie Minusgrade kriegen.

Praktiken 2011

Der Sex bei Fliegen solche Sach:

Machens am Tage; in der Nacht?
Wo wohl sie ihren G-Punkt ham?
Tuns im Fliegen, tuns im Stehen?
Wie die wohl auf Brautschau gehen?
Auf Bauch, auf Rücken wird gelegt?
Ob man hintereinander steht?
Wer klärt die Kinderfliegen auf?

Du fragst
wie komm ich nur darauf?

70 Jahr mich Fliegen kennen,
Sexpraktik - die mir nicht nennen.

Probieren Klinik NB 2011

21 Stubenfliegen -
    -beim fliegen keine Fliege rennt-
    flogen also vehement:
    Kaffee- Bedienung testen.
    Sehr freundlich die und auch patent.
    Keine Bestellung sie verpennt:
    doch entsteht groß Durcheinander:
    kein Fliegentisch an Lampe hängt.

Pubertät 2011

21 Stubenfliegen,
      ungezogen, pubertär,
      ärgerten Ameisenbär.

      Sich der ließ nicht unterdrücken:
      mit langer Zunge, einem Schmatz:
      beendete die Rüpel - Hatz.

Partner ₁₉₇₇

21 Stubenfliegen,
      nichts von Partnerschaft mitkriegen.

      In der Bibel stehts geschrieben,
      der Mensch ist nicht allein geblieben.
      Als Mensch nur geht er durch die Welt,
      wenn er sich einen Partner hält.

      So, wie die Bibel wird getragen,
      vom Glauben nur allein,
      gibt's keinen Partner ohne Fragen,
      es muss Vertrauen um sie sein.

      Es ist das Recht, von einem Jeden,
      auch mit dem Partner frei zu leben.
      Empfindest dies jedoch als Zwang:
      dann bleib allein, ein Leben lang.

Darum also fliegen Fliegen
in Gesellschaft und doch allein.

Preisverleihung 2011

21 Stubenfliegen,
Pulitzer Preis wolln kriegen.

    Müssen so ein Buch sie schreiben,
    nicht nur fliegen gegen Scheiben.

Zuerst sich machten einen Plan,
was, wäre wie als Erstes dran.

    `Nen Verlag sie müssen suchen,
    müssen gutes Thema finden.
    Rezensenten sie gebrauchen,
    Pressestimmen und zwar Gute.

Das klappte alles wunderbar,
und jeder in der Fliegenschar
lernte richtig nen Buchstaben,
schreiben den und auch Aufsagen.

    Hatten sie ein Wort beschlossen,
    flogen Fliegen unverdrossen,
    bis auf dem rechten Platz man saß:
    so Worte setzen machte Spaß.

Natürlich dauerte das lang,
mühsam sich ne Seite füllte.
Es wurde trotzdem ihn nicht bang,
Pflicht: Generation erfüllte.

Viele, viele Stubenfliegen
wortgetreu auf den Zeilen liegen.

      So stapelte sich Seit auf Seit,
      Fotokopieren: keine Zeit,
      und irgendwann war es soweit:
      zum Verlag sie wolln es senden.

Abends tat die Stube brennen.

      Endlich ist es hier begründet,
      warum niemand Stubenfliegen,
      in Autorenlisten findet.

Reduzierung 2009

21 jüngste Fliegen,
    spielten um ne Lampe kriegen.
    Plötzlich waren Fünfe fort;
    flogen wohl in Mutters Hort.

    16 dieser jüngsten Fliegen,
    spielten weiter lustig kriegen.
    Wieder waren Fünfe fort;
    ob sie spielten Andernort?

    11 von diesen jüngsten Fliegen,
    ahnungslos sie weiter spielen.
    Merken nicht dass Sieben fehlen,
    Zahllos Fliegen, selten zählen.

    4 von diesen jüngsten Fliegen,
    mehr sind jetzt nicht nachgeblieben,
    suchen einen Ruheort:
    keine denkt an einen Mord.

Stubenfliege, eine alte,
viel zu spät zur Hilfe eilte;
fliegt mit Wissen und Geschick,
NICHT ans braune Klebestück.

Reifezeugnis 2011

21 Eintagsfliegen,
　　　Schulabschluss sie wollen kriegen.

　　　Lernen schnell sie, wie gewohnt:
　　　ihre Leistung hoch belohnt.
　　　Schriftlich, mündlich glatte 1.
　　　Fehlsekunden hatte keins.
　　　Schule stolz, die Presse auch.

　　　Sie abends standen auf dem Schlauch:

　　　Reifezeugnis nie gekriegt -
　　　das MORGEN erst im Kasten liegt.

Richtungen 2010

21 Stubenfliegen,
     sich machen um das Morgen,
     wohl niemals, keine Sorgen.

     Schau du nicht nach hinten.
     Denke nicht im Gestern.

     Im Vergangenen verharre nicht,
     dich suhle ja nicht im Erlebten,
     lass im Dunkel liegen, was geschehn.

     Denk und Handel nur nach vorn,
     nur vor dir liegt das Morgen.

     Ziele gilt es zu erreichen;
     sieh dazu in des Morgens - Licht.

Können stolz dies Stubenfliegen,
weil sie keine Eintagsfliegen.

SEITE	T
71	Taufe
72	Tennis
73	Tränen

Taufe ₂₀₁₁

21 Stubenfliegen,
  wollen ihre Kinder taufen.
  Große Freud beim Standesamt:
  gewünschte Namen anerkannt.

  Schwierigkeiten türmten Haufen:

  Die meisten Kirchen viel zu groß -
  waren ja 21 bloß.
  Füllten so nicht - zu viel Gestühl.
  Zeitung: Annonce setzen nicht.
  Kein Taufschein unterschreibt Gericht.

  Doch sie fanden ne Kapelle:
  taufen hier: ganz auf die Schnelle.
  Nimmt Pastor jedes Kind am Schopf,
  Hauch von Taufwasser - nur getropft.

  Kinder ihr Leben ausgehaucht:
  Ertrinken halt im kleinsten Tropf.

Tennis 2009

21 Stubenfliegen,
      wolln zusammen Doppel spielen.

      Als sie dann am Tennisplatz:
      Hummel war der Ballersatz,
      als Racket diente die Libelle,
      auch sie lösten auf die Schnelle,
      welches Füßchen wärn die Hände.

21 Stubenfliegen,
      könn zusammen Doppel spielen:

      Auf jeder Seite ihrer zehn,
      eine auf den Stuhl musst gehen.
      Alles war als Gast geladen,
      was da kräucht und was da fleucht.

21 Stubenfliegen,
      jetzt zusammen Doppel spielen.

      Kaum jedoch sie auf dem Platz,
      schon begann die große Hatz -
      so das Spiel war ganz schnell aus,
      als Gast –
      auch Schwalb und Fledermaus.

Tränen 2010

21 Stubenfliegen,
    leidend sie wohl selten fliegen.

    In einem Meer von Tränen,
    bist tief du eingesunken.
    Dich Leid hat überwältigt.
    Dich Trauer hält umfangen.

    Dich Weltenschmerz lässt sehnen,
    zum Hades hin, tief unten.
    Der Grund bleibt unverständig;
    doch noch bist nicht gegangen.

    Nutz mein Sein zum Anlehnen.
    Mit mir fühl dich verbunden.
    Dein Irren wird gebändigt;
    von mir wirst aufgefangen.

Stubenfliegen hast nie gesehn,
gestützt auf Krücken würden gehn.

SEITE	**U**
75	Unzufrieden
76+77	Urlaub
78	Urologie
79	Urteil
80	Unikat

Unzufrieden ₂₀₁₁

Es gab nicht wenig Stubenfliegen,
mit ihrem Namen unzufrieden.
Wollten klagen vor Europas Hof,
sie fanden andre Gerichte doof.

Zugelassen wurd ihre Klage.
War ja auch wichtig. Keine Frage.
Nach langen Tagen, langen Wochen,
endlich das Urteil wurd gesprochen.

Eindeutig waren sie die Sieger.
Hochoffiziell die Stubenfliegen,
anderen Namen sie nun kriegen:

Jetzt, ab sofort die Stubenfliegen,
sich nennen dürfen: Stubenflieger.

Urlaub 2011

21 Stubenfliegen,
      und dabei nicht eine Weise,
      planten eine Urlaubsreise.

      Nach Ägypten oder so.
      Waren dann auch richtig froh,
      als der Katalog gekommen.

21 Stubenfliegen,
      keine Urlaubsreise kriegen.
      Obwohl das Geld es hätt gereicht –
      die Agentur sie nicht betrog:

21 Stubenfliegen,
      können nicht öffnen: Katalog.

Urteil 2011

21 Stubenfliegen,
      ein Gerichtsurteil wolln haben -
      dass die Menschen
      sie nicht mehr schlagen;
      Ersatzweis - dass die vorher fragen.

      Ihre Klage wurde zugelassen,
      Zeugen auch – die erfahren sind und alt.

      Urteil wurde nicht erlassen:
      der Richter erschlug –
      den Fliegen Anwalt.

Urologie 2009

21 Stubenfliegen,
    wollten mal Behandlung kriegen.
    Flogen schnell, ist nicht gelogen,
    in die Stadt zum Urologen

Sassen still im Warteraum:
flogen nicht und störten kaum.
Als sie kam zur Ordination,
bekamen sie Probleme schon.

    Son klein CT - das gab es nicht.
    Als sich die Biopsie ausricht,
    ihr After war dann viel zu klein:
    kein eine Nadel passte rein.

Ertasten auch nicht funktioniert:
weil alle haben sich geniert.
Große Rettung - der Ultraschall,
und hier geschah der letzte Knall.

    Zwar tropft das Gel,
    Kopf auch gleitet,
    der Arzt schaut scheel:
    Bild wird gar nicht aufbereitet,
    so kleine Pixel gibt es nicht:
    darzustellen wo es gebricht.

Auch nicht da, ne Prostata,
riefen trotzdem sie Hurra:

sie wollten zwar das Krebsgetier:
sie wollten saugen nur dran hier.

Unikat <small>2009</small>

21 Stubenfliegen –
     nicht sind ein Individuum.

     Ein jeder gilt, auf seine Art,
     im Leben so als Unikat.
     Doch ohne diese eigne Art,
     gar niemand wär ein Unikat.

Den Stubenfliegen ists egal:
ham kein Begriff von - freie Wahl.

SEITE	**W**
82	Weltreise
83	Wüste Flieger
84	Wahrheit

Weltreise ₂₀₁₁

21 Stubenfliegen,
     übern Ozean wolln fliegen.
     Weil sies nicht könn machen selber,
     suchen sie nen fliegend Helfer.
     Auf seinem Rücken festgekrallt,
     wollen sie fliegen um die Welt.

     Jeder dieser großen Flieger,
     war im Prinzip auch gern bereit.
     Wollten dafür große Gelder,
     das Fliegen Portemonnaie zu klein.

Fanden kleinen Vogelflieger,
der sogar Kurzstrecken Sieger.
Schlossen Generationsvertrag:
     darum also seit diesem Tag,
     immer wieder zur gleichen Zeit,
     verschwinden hier dann Jahr für Jahr:

Grasmück und die Stubenfliegen.

Wüste Flieger 2011

21 Stubenfliegen,
    wünschten sich sie könnten fliegen:
    in der Wüste Kurven biegen.

    Wie sie dort sind hingekommen,
    keiner hat das je vernommen.

    Warum sie kamen dann zurück,
    verrät genauer Wüstenblick:

Wüstenfliegen nicht geklappt:
weil Wüst nicht Deck noch Wände hat.

Wahrheit 2010

21 Stubenfliegen,
      Liebe: lassen links sie liegen.

      Was du konntest fühlen, sehen,
      Worte, die dir nachgewiesen,
      in deinem Herzen tief erkannt.

      Taten, die bereits geschehen;
      Pfade die du konntest gehen:
      Besinnung auf dein Heimatland.

      Liebe,
      sie an das Glück dich bannt.

Fliegen ist das völlig wurst –
stillen am Menschen bloß den Durst

Zigaretten 2011

21 Stubenfliegen,
      als Nichtraucher unzufrieden.

      Hier Zigaretten lagen rum.
      Niemand merkt, dass eine fehlte,
      beim Transport sich Fliege quälte.

      Natürlich Fliegenmund zu klein,
      passt Zigarette gar nicht rein.
      Sie klebten Mundstück sorgsam zu,
      steckten rein dort Spritzennadel:
      die Idee war schon von Adel.

      Spannungsvoll die Fliegen dachten,
      wies Feuerzeug wohl funktioniert?
      Wenn es dich wirklich interessiert:

      Fliegen könn kein Feuer machen.

Zufrieden 2008

Menschen, ob mit Klatsche oder Flossen,
immer schon – auf Fliegen eingedroschen.

21 Stubenfliegen,
könnten noch mehr Kinder kriegen,
wenn der Mensch sie ließ zufrieden,
oder - sie ihn nicht umfliegen.

Doch der Fliegen Artgenossen,
fliegen weiter – unverdrossen.
Die Mehrzahl ihrer Kinderfliegen,
der Mensch wird sowieso nicht kriegen.

Menschen, ob mit Klatsche oder Flossen,
immer schon – auf Fliegen eingedroschen.

Zyklon 2011

21 Stubenfliegen,
    im Zyklon sie wollten fliegen.
    Nach Mauritius buchten Flug,
    sie wussten nichts von Selbstbetrug.

    Der Zyklon kam pünktlich an,
    tobte sich auch richtig aus.
    Wie geplant warn Fliegen dran:
    -wurden hoch hinauf gerissen,
    -flogen tausende von Runden,
    -wurden als zu leicht befunden,
    -viele hat's entzwei gerissen,
    -viele tut man noch vermissen.

    Drei dann in der MIR gefunden.

Zeit + Leben

21 Stubenfliegen,
       nichts von Zeitenzwang mitkriegen:

        -dafür hab ich heute keine Zeit.
        -über meine Zeit bestimme ich.
        -dafür verschwende ich keine Zeit.
        -dafür opfere ich keine Zeit.
        -meine Zeit dafür zu schade.
        -du stiehlst mir heute meine Zeit.
        -diese Zeit, die hab ich nicht.
        -diese Zeit, nehm ich mir nicht.
        -gestern hätt ich Zeit gehabt.
        -ist noch keine Zeit für mich.

Leben ist wichtiger als Zeit.
Zeitenzwang ereilt die Fliegen –
wenn sie Minusgrade kriegen.

Theodor Peter Kohpeiss	Zeiten Wechsel	Stationen
	1939 – 1973	Hamburg, Köln, München *Beamter, Zeitsoldat* *Verkaufsleite,* *Heirat, 2 Kinder,* *Scheidung*
	1974 – 1981	Frankfurt/Main *Heirat* *Fotomodell, Dressman* *Event-Moderator* *Schauspieler* *WeltReisender*
	1981 – 1994	Frankfurt/Main *Unternehmer* 1990: Geburt Paul Justus
	1995 – 2007	Uckermark Prenzlau *Unternehmer*
	seit 2008	*Krebs, Privatier* *Moderator, Laudator* *RedenSchreiber* *SongWriter* *Lyrischer Buchautor* *Autor- Lesungen* In Vorbereitung: *-Theos Narben* *-Charisma* *-MännerReime*

93

natürliche Frage

Das Geschwirre ihrer Flügel
dieser Anflug - dieses Krabbeln
Das Geputze
mit den langen
Vorderbeinen
Sichtbar Flecken auf weißem Grund
vom Gekote
Die Augen groß wie Lupenglas
Die Behaarung ihrer Beine
schau ich mir an und wundre mich

Ich bin erstaunt mit wie viel Sinn
und Sorgfalt auch
hat die Natur sich selbst geformt
Lebensräume hats geschaffen
damit auch die fliegend Fresser
Nahrung kriegen
scheint die Logik nur zu siegen

Drin im Zimmer jedoch noch nie
jagend Vögel ich konnt sehen

Keine Antwort tat ich kriegen:
warum gibt es
Stubenfliegen

Im gleichen Verlag erschienen:

2011

ISBN: 978 383 918 039 6

Theodor Peter Kohpeiss

Ferkeliges, Lustiges, Trauriges, Wahrhaftiges:
Poetisch gesehen

ZeitenWechsel

Verlags- Bestseller- Liste:
PLATZ: **2**

DANKE
ihr
Theodor Peter Kohpeiss